Marie-Ève, chasseuse de rêves

Une histoire écrite par
Sonia Sarfati

et illustrée par
Lou Victor Karnas

*À « Jean de la Pinsonnière », qui a su capturer son rêve
et en faire une merveilleuse réalité*
Sonia

*À D'Artagnan qui, pourtant centenaire en âge canin,
rêve encore comme un enfant*
Lou Victor

cheval
masqué

Catalogage avant publication de Bibliothèque et Archives nationales du Québec
et Bibliothèque et Archives Canada

Sarfati, Sonia

  Marie-Ève, chasseuse de rêves

  (Cheval masqué. Au pas)
  Pour enfants de 6 à 10 ans.

  ISBN 978-2-89579-384-7

  I. Karnas, Lou Victor. II. Titre. III. Collection: Cheval masqué. Au pas.

PS8587.A376M37 2011   jC843'.54   C2011-940821-X
PS9587.A376M37 2011

Dépôt légal – Bibliothèque et Archives nationales du Québec, 2011
Bibliothèque et Archives Canada, 2011

Direction : Andrée-Anne Gratton
Révision : Sophie Sainte-Marie
Graphisme : Janou-Ève LeGuerrier

© Bayard Canada Livres inc. 2011

Nous reconnaissons l'aide financière du gouvernement du Canada
par l'entremise du Fonds du livre du Canada (FLC) pour des activités
de développement de notre entreprise.

Conseil des Arts   Canada Council
du Canada   for the Arts

Bayard Canada Livres inc. remercie le Conseil des Arts du Canada
du soutien accordé à son programme d'édition dans le cadre du Programme
des subventions globales aux éditeurs.

Cet ouvrage a été publié avec le soutien de la SODEC. Gouvernement du Québec –
Programme de crédit d'impôt pour l'édition de livres – Gestion SODEC.

Bayard Canada Livres
4475, rue Frontenac, Montréal (Québec) H2H 2S2
Téléphone : 514 844-2111 ou 1 866 844-2111
Télécopieur : 514 278-0072
edition@bayardcanada.com
www.bayardlivres.ca

Imprimé au Canada

Chapitre
1
LES RÊVES OUBLIÉS

Marie-Ève aime les histoires. Ça tombe bien: autour d'elle, tout le monde travaille dans «l'invention» d'histoires.

Sa maman écrit des émissions pour la télévision. Son papa les filme. Sa gardienne, Kim, en est la vedette. Et leur meilleur ami, Marcel, fabrique les décors. Après leur journée de travail, ils ont tous des histoires à raconter.

Marie-Ève les écoute gentiment. Ce qu'elle ne leur dit pas, c'est qu'elle invente les meilleures histoires… dans ses rêves.

Mais quand elle se réveille, c'est à peine si elle s'en souvient. Oh! elle se rappelle que ces histoires étaient belles, mystérieuses et incroyables! Mais voilà, elle oublie tout le reste! Et elle n'aime pas ça. Pas du tout.

Marie-Ève est donc bien décidée à trouver un moyen de se souvenir de ses rêves.

Chapitre

2

LUNETTES
ET APPAREIL PHOTO

Ce soir-là, papa met Marie-Ève au lit. Avant de l'embrasser et d'éteindre la lumière, il lui raconte l'histoire de sa journée.

— J'ai regardé ce que j'avais fil-
mé aujourd'hui. Tout était flou !

— Pourquoi, papa ? Est-ce que
ta caméra était brisée ? s'inquiète
Marie-Ève.

— Non, heureusement ! J'avais
seulement oublié de mettre mes
lunettes. Je les
ai posées sur
mon nez… et
tout est de-
venu clair !

Papa vient de donner une idée à Marie-Ève. Elle va dormir avec ses lunettes ! C'est peut-être pour ça que ses rêves sont flous à son réveil. Toutes les nuits, elle les « regarde » sans ses lunettes !

Le lendemain matin, les lunettes sont toutes tordues et les rêves de Marie-Ève ne sont pas plus clairs que d'habitude. Hélas! la chasse aux rêves n'a pas fonctionné!

Un autre soir, Kim met Marie-Ève au lit. Avant de l'embrasser et d'éteindre la lumière, elle lui raconte l'histoire de sa journée.

— Aujourd'hui, j'ai sauté en parachute, j'ai assommé trois requins et j'ai embrassé le plus beau de tous les acteurs.

— Ça ne se peut pas! rigole Marie-Ève.

— Heureusement, j'ai des photos pour le prouver. Ah! je vais me rappeler cette journée à tout jamais!

Kim vient de donner une idée à Marie-Ève. Une fois seule, elle attrape l'appareil photo de ses parents. Elle va photographier ses rêves. Comme ça, ils ne pourront pas s'échapper à son réveil. Ils seront prisonniers de l'appareil!

Le lendemain matin, il n'y a plus rien dans l'appareil photo! Les photos des vacances à la montagne ont disparu! Pour une deuxième fois, la chasse aux rêves n'a pas fonctionné!!

14

CAHIER ET ATTRAPE-RÊVES

Ce soir-là, maman met Marie-Ève au lit. Avant de l'embrasser et d'éteindre la lumière, elle lui raconte l'histoire de sa journée.

— J'étais chez le dentiste quand j'ai trouvé la fin de mon histoire. C'est le professeur qui a triché aux examens, pas les élèves!

— Est-ce que ça se peut, des professeurs qui trichent? s'inquiète Marie-Ève.

— Dans les histoires, tout est possible! Heureusement, j'avais un cahier pour noter ça. Autrement, j'aurais oublié!

Maman vient de donner une idée à Marie-Ève. Une fois seule, elle attrape son cahier. Elle n'écrit pas encore très vite, mais elle est super bonne en dessin. Alors elle va dessiner ses rêves pour ne pas les oublier !

Le lendemain matin, les beaux a, e et i que Marie-Ève avait tracés dans son cahier sont tout barbouillés! Pour une troisième fois, la chasse aux rêves n'a pas fonctionné!!!

Le dernier soir de la semaine est toujours celui de l'ami Marcel. Il met Marie-Ève au lit. Avant de l'embrasser et d'éteindre la lumière, il lui raconte sa journée.

— J'étais heureux quand j'ai trouvé cet attrape-rêves! Il est très ancien, très puissant et magique.

— C'est vrai? demande Marie-Ève. Ce n'est pas une farce?

— Pas du tout. Il va être parfait dans mon prochain décor. Mais si tu veux, je l'accroche ici pour la nuit.

Marie-Ève est ravie… jusqu'à ce qu'elle se retrouve seule dans le noir. Un rayon de lune traverse la fenêtre. Il transforme l'attrape-rêves en une toile d'araignée géante!

Cette nuit-là, les rêves de Marie-Ève sont d'affreux cauchemars. Heureusement, le lendemain matin, elle ne se souvient de presque rien. Pour une fois, elle est bien contente que la chasse aux rêves n'ait pas fonctionné!!!!

Ce qui est plus embêtant, c'est l'attrape-rêves. Il est par terre. Tout brisé.

BÊTISES ET TRISTESSE

Marie-Ève n'est pas fière d'elle. Elle a tordu ses lunettes. Elle a effacé les photos de vacances. Elle a gribouillé son devoir. Elle a cassé l'attrape-rêves.

Tout ça, pour rien. Elle n'a pas réussi à se souvenir de ses rêves! En plus, papa et maman, Kim et Marcel sont un peu fâchés contre elle.

Ce soir-là, personne ne raconte l'histoire de sa journée à Marie-Ève. Mais tout le monde lui explique que la nuit est faite pour dormir et se reposer. Sans rien tordre, effacer, gribouiller ni briser. Sans faire de bêtises, quoi !

Marie-Ève ne dit rien. Attristée*,
elle va se coucher.

* Triste.

5

LE GRAND RÊVE DE MARIE-ÈVE

Autour d'elle sur son lit, Marie-Ève pose les lunettes tordues, l'appareil vidé de ses photos, son cahier griffonné et l'attrape-rêves brisé.

Elle a abîmé tous ces objets dans ses rêves. Peut-être qu'elle peut les réparer en rêvant encore ! Mais elle ne sait pas… puisqu'elle ne se souvient pas de ses rêves.

Quel cauchemar, quand même !

Finalement, Marie-Ève s'endort sur ce bric-à-brac*. Ce n'est pas très confortable…

* Plusieurs objets.

Mais, surprise! Toutes ces choses brisées se retrouvent dans son sommeil. Elle les utilise pour capturer ses rêves!

C'est si drôle que Marie-Ève se réveille en riant très fort.

Maman, papa, Kim et Marcel entrent dans sa chambre. Ils se demandent bien ce qui lui arrive.

Marie-Ève se dépêche de raconter ce qui s'est passé dans son rêve. Et par magie, elle s'en souvient toute la journée. Et la journée d'après. Et toutes les autres !

Depuis, tous les matins, elle raconte une histoire à maman, à papa, à Kim ou à Marcel. Une des histoires belles, mystérieuses et incroyables qu'elle a inventées pendant la nuit!

Elle est devenue Marie-Ève, chasseuse de rêves.

Voici les livres AU PAS de la collection :

Lesquels as-tu lus ? ☑